TIRANOSSAURO COM COCEIRA

Estevão Azevedo

**Ilustrações de
Jana Glatt**

CB003269

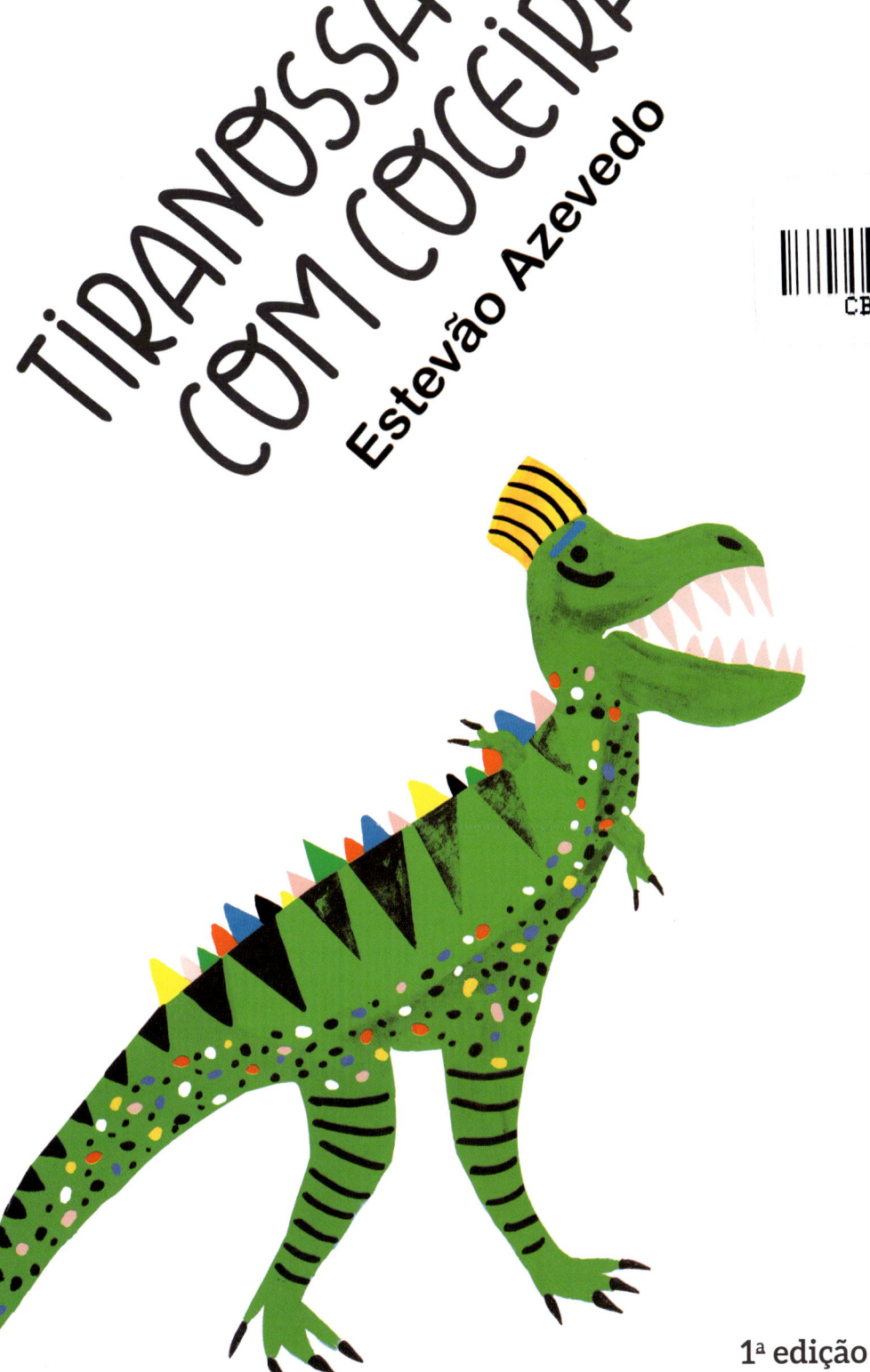

1ª edição

SALAMANDRA

Texto © ESTEVÃO AZEVEDO, 2023
Ilustrações © JANA GLATT, 2023
1ª edição, 2023

DIREÇÃO EDITORIAL
Maristela Petrili de Almeida Leite

COORDENAÇÃO DE EDIÇÃO DE TEXTO
Marília Mendes

EDIÇÃO DE TEXTO
Ana Caroline Eden

COORDENAÇÃO DE EDIÇÃO DE ARTE
Camila Fiorenza

ILUSTRAÇÕES DE CAPA E MIOLO
Jana Glatt

DIAGRAMAÇÃO
Cristina Uetake

COORDENAÇÃO DE REVISÃO
Thaís Totino Richter

REVISÃO
Kandy Saraiva

COORDENAÇÃO DE *BUREAU*
Everton L. de Oliveira

PRÉ-IMPRESSÃO
Ricardo Rodrigues, Vitória Sousa

COORDENAÇÃO DE PRODUÇÃO INDUSTRIAL
Wendell Jim C. Monteiro

IMPRESSÃO E ACABAMENTO
Log&Print Gráfica, Dados Variáveis e Logística S.A.

Lote
781958

Código
120007291

Dados Internacionais de Catalogação na Publicação (CIP)
(Câmara Brasileira do Livro, SP, Brasil)

Azevedo, Estevão
   Tiranossauro com coceira / Estevão Azevedo ;
ilustrações Jana Glatt. — 1. ed. — São Paulo :
Santillana Educação, 2023.

   ISBN 978-85-527-2770-5

   1. Literatura infantojuvenil I. Glatt, Jana. II. Título.

23-166077   CDD-028.5

Índices para catálogo sistemático:
1. Literatura infantil 028.5
2. Literatura infantojuvenil 028.5

Cibele Maria Dias — Bibliotecária — CRB-8/9427

EDITORA MODERNA LTDA.
Rua Padre Adelino, 758 - Quarta Parada
São Paulo - SP - Brasil - CEP 03303-904
Vendas e Atendimento: Tel. (11) 2790-1300
www.salamandra.com.br
2023

Impresso no Brasil

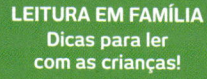

LEITURA EM FAMÍLIA
Dicas para ler
com as crianças!

http://mod.lk/leituraf

Para os dinos

Iolanda, Clarice, Theo e Melissa.

Na vida é assim: quem pode mete medo, quem não pode, corre. Certo? Certo!

O Tiranossauro rex, por exemplo. Predador mais temido do pedaço! Carnívoro mais feroz do Cretáceo! Mordida mais poderosa do planeta! Sessenta dentes grandes como facas! Cauda grossa e forte feito um tronco! Longas e musculosas pernas!

Mas nem mesmo o dono do pedaço é o bonzão em tudo. Se você reparar bem, vai notar que o t-rex tem braços curtos e finos. E, acredite se quiser, com apenas dois dedinhos. Por isso, pode ter certeza: se até o t-rex tem um ponto fraco, um dia eu, que não sou nenhum lagarto terrível, dou o troco em quem vive me atormentando, ah, se dou!

"Guarda esse tênis, não sou arrumadeira!

Sua cueca, já pra área de serviço!

Se fica aí a canetinha, dou sumiço!

Pega esse livro e bota na prateleira!"

Um dia declaro: sou o rei da baderna.

E construo um trono feito de **tranqueira.**

Minha bagunça vence a ordem materna,

Mas o t-rex nunca vence a coceira.

Caldo de cana e um belo pastel de feira,
Algodão-doce, bala e maçã do amor.
"Nada disso! **Alface, nabo e couve-flor.**
De sobremesa, pega algo da fruteira."

Um dia encho de pirulito a bandeja

E tranco com um cadeado a **geladeira.**

Vou ver meu pai desistindo da cerveja,

Como desiste o t-rex com **coceira.**

Nem me convida pra entrar na **brincadeira**,

Sem pedir, desaparece com a minha bola.

Cadê meu skate quando chego da escola?

O videogame é só dele a tarde **inteira**.

Um dia pego escondido seu relógio

E meleco de ketchup a **pulseira.**

Vou ver meu irmão dominado pelo ódio,

Como o t-rex que não alcança a **coceira.**

"Chispa, o chuveiro não é sua cachoeira!"

Corre atrás de alguém pra me expulsar do banho.

"O nariz dele tá lotado de ranho!"

"Ai que fedor!", chega pertinho e me cheira.

Tenho um plano: "Clarice, pega a toalha?".

De surpresa um pulão bomba na banheira.

Encharco minha irmã, aquela **pirralha,**

Como um t-rex num lago com coceira.

Não basta um, quer bem mais a beijoqueira.
São sempre dois, três, quatro, cinco... **duzentos!**
Perco a conta de tantos beijos grudentos,
Que recebo na bochecha... **que nojeira!**

Vovó vai ver: um dia inverto esse jogo.

Vou besuntar de pimenta a cara inteira.

Pela boca, minha vovó vai cuspir fogo,

Como um t-rex em chamas com a coceira.

Fico atento quando estou na minha **cadeira,**

Especialmente à hora da sobremesa,

Mas nada impede que o focinho-surpresa

roube o bolo numa bocada certeira.

Uma hora, eu perco a paciência com a Lola,

Deixo a ladra o dia todo na coleira.

A Lola vai ficar lá latindo à toa

como um t-rex rugindo pra coceira.

Comemora ao derrubar minha lancheira. **Dá risada da rasteira** se eu tropeço. Implorar pra ele parar eu até peço, **mas de nada adianta, é besteira.**

Juro: um dia eu parto pra cima e me atraco.

Ele que se atreva a ficar de **bobeira.**

É certo que o valentão tem um ponto fraco,

como não pode o t-rex com a **coceira.**

Se há um rei dos dinossauros, teria que haver também quem o coçasse, não é? Meus braços são curtos e finos como os do tiranossauro, mas é porque ainda sou filhote. Um dia cresço e fico forte como ele, mas com braços muito maiores, espero! Enquanto isso não acontece, só conto com um poder pra enfrentar toda e qualquer situação: a imaginação!

Arquivo do autor

Se algum dia você precisar muito, mas muito mesmo, saber algo sobre dinossauros, tem duas opções. A mais óbvia é encontrar um paleontólogo. A mais simples, conversar com uma criança, como eu costumo fazer. Tenho duas filhas. A mais velha me fez aprender nomes de espécies que até hoje me fazem tropeçar nas sílabas, como se fossem trava-línguas: pa-ras-sau-ro-lo-fo. A menor já ergue seu t-rex de borracha e solta um "grrr!" tão feroz e convincente que é certo que vai pelo mesmo caminho. O pouco que sei desses bichos, aprendi assim: lendo e brincando com crianças. Neste livro, eu quis misturar uma característica inusitada do poderoso rei dos dinossauros, o fato de ele ter braços bem curtinhos e finos, com algo que aprendi convivendo com os pequenos cidadãos do futuro: que eles detestam ter de obedecer a regras que não entendem só porque são menores do que quem as inventa. E quis também lembrar os leitores de que a imaginação é uma ferramenta muito poderosa contra coceiras de qualquer natureza, sempre.

Estevão Azevedo

sobre a ilustradora

Arquivo da ilustradora

Nasci no Rio de Janeiro, em 1987. Minha fascinação pela criação de personagens, cenários e figurinos começou nas aulas de teatro que fiz quando criança e que duraram mais de dez anos.

Durante meus estudos de ilustração em Barcelona, encontrei um caminho para desenvolver meus interesses de infância combinados com minha experiência e formação em *Design* Gráfico. Desde então, ilustro de forma profissional.

Já ilustrei mais de 20 obras literárias para diferentes editoras ao redor do mundo. Meu trabalho foi selecionado para o VI Catálogo Ibero-americano de Ilustração com exposições no México e na Itália. Em 2020, recebi o Prêmio Jabuti pelas ilustrações do livro *Cadê o livro que estava aqui?*.

Quando recebi o texto deste livro, me encantei pela história! As ilustrações tinham de ser alegres e cheias de humor, assim como o texto.

Primeiro comecei pelo estudo das personagens principais. Depois, pensei como seria a relação da imagem com o texto, e a decisão foi "brincar" com o texto como se ele fizesse parte da imagem. Acho que o resultado ficou uma leitura dinâmica e divertida!

Jana Glatt